Une nuit

Texte de Jackie Carter • Illustrations de James Young
Texte français de Lucie Duchesne

Les éditions Scholastic

À maman,
J.C.

Une nuit
« One Night » de Jackie Carter, tiré de *My First Magazine,* Novembre/Décembre 1992.

ISBN 0-590-70451-6

Titre original : One Night

Édition publiée par Les éditions Scholastic, 123, Newkirk Road, Richmond Hill (Ontario) L4C 3G5.

5 4 3 2 1 Imprimé aux États-Unis 7 8 9/9

Le petit frère
pleure en pleine nuit.

3

Sa sœur se lève,
éveillée par le bruit.

6

Elle lui chante une berceuse
et lui chatouille les pieds.

Elle lui donne un baiser
sur le bout du nez.

9

Elle lui raconte que les
vaches gambadent dans
le ciel étoilé,

en jonglant joliment avec
des cuillères argentées.

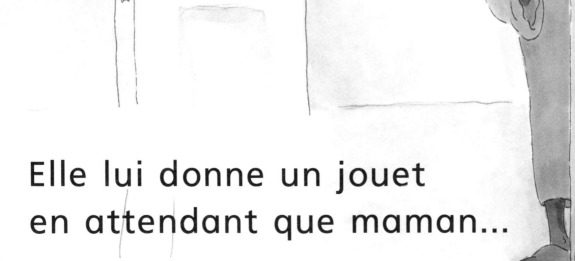

Elle lui donne un jouet
en attendant que maman...

12

... lui donne le biberon
en le berçant tendrement.

Le nouveau petit frère
s'endort bientôt.

Sa grande sœur éteint
la lumière aussitôt.